だけど、生きている

後藤晃江

東京図書出版

まえがき

私は乳がんを患い、ガンになったことを誰にも告げられずたった一人でガンと闘った。そして苦しくつらい闘病の日々を本に書き留めた。それは、つらい経験を一人でも多くの人に知ってほしい、そして乳がんに苦しむ人々の助けになればと願ってのことである。

だけど、生きている ◇ 目次

乳がん発見

2013年3月のある日、左乳房に違和感があり、触ってみた。すると、指にはっきりと感じるしこり。左胸の乳輪の内側ななめ上あたりに大きなしこりがある。

そのしこりは毎日痛みがある。「もしかして、これは乳がん……」「病院に行かなきゃ……でも……怖い……」不安が先に立ち、なかなか決心がつかない。

毎日、一日に何度もしこりが痛む。痛みは「いたたたた……」という感じで一時的なものでそんなに長い時間は続かないのだが、毎日何度も痛むので、どうしても気になる。

触るたびにしこりが大きくなっているような気がする。もしガンだったら、私はまだ48歳だから老人に比べて進行も早いだろう……。

指でしこりを確認すると、結構大きい感じがする。手で触った感触としては長さ5センチくらいはある感じだ。

私は13年前に父を、5年前に母を亡くしているが、二人とも死因はガンではない。親せきではガンになったという話は聞いたことがない。だから、自分はガン体質ではないと思っていた。

もしガンだったら……こんなに大きいのだからもう初期じゃなく……もしかしたら末期かも……。

悪い予感が膨らむ。不安不安不安……。怖い怖い怖い……。恐怖感に包まれる。

もし……末期だったら……病院に検査に行ったら最後、緊急入院ということにでもなればもう病院から出てこられないかもしれない……もしそれなら、どんなことになっても悔いを残さないように、どうしてもしなくてはいけないこと、自分にとって大切なことを終わらせてから病院に行こう。

私は子供のころから女性だけの歌劇団のファンで、舞台を観劇することが自分の生きがいのようになっていた。ちょうど2013年の春には私が何年にもわたってずっと応援していた男役スターの方がトップスターに就任するところだった。

待ちに待ったその方のトップスターとしてのお披露目公演の初日だけは自分の目で見てから病院に行こう、そう決心した。

お披露目公演の初日は4月19日。

その日私は東京の自宅から関西の劇場まで出かけていき、大好きなスターさんがトップスターとして舞台に立っているのを自分の目で見た。その姿を見て、涙が止まらなかった。ファンは自分の事のように好きなスターのトップスター就任を喜ぶのだから。トップスターとして舞台に立たれた最高に輝いた初日のお姿を、この目に焼き付けることができて本当に良かった。これで思い残すことは何もない……。

東京に帰ってきて夢の世界から日常に戻り、仕事の昼休みの間中、スマートフォンで検索をして土曜日に乳腺科の検査に行ける病院を探した。当時私は外資系証券会社で契約社員として働いていた。時間給で働いているため、検査のために会社を休むと給料が減ってしまう。有給休暇は法定最低日数だけ付与されているが、金融機関の従業員は1年に一度、

5日間連続で休暇を取ることが義務付けられていて、契約社員は連続休暇のために有休以外の休暇は付与されていないため、5日間の連続休暇のために自分の有休を使わなくてはならない。法定有給休暇の最低日数である10日間の有休から5日を連続休暇に使わなくてはならず、残りは5日しかない。たった5日の休暇で1年間を過ごさなくてはいけないのだから検査のために有休は使いたくなかった。

土曜日に検査に行ける病院を探した。……見つからない。そもそも乳腺科の絶対数が内科などに比べると圧倒的に少ない。乳腺科で外来診療を行っていて、かつ土曜日に診察してくれる病院を探したが、東京都下の自宅周辺には全くなかった。仕方なく東京都全体で探したところ、1軒だけ見つかった。家から1時間くらいかかる都心にあって遠いが、やむを得ない。

早速その病院に電話をしたが、ゴールデンウィークを挟んでいることもあり、予約が取れたのは約1カ月後の5月11日だった。しまった。こんなに先の予約しか取れないなら、もっと早く電話しておけばよかった……。しかし後の祭り。

私は48歳で、ガン患者としては比較的若いため、もしガンだったとしたら、日数が経てば経つほど進行していそうで怖かったが、仕方がない。土曜日に受診したいという要望を優先してしまったために、家から遠い病院の1カ月後の予約になってしまった。しかし親も配偶者もなく、自分の食い扶持を稼ぐのは自分だけという状態の私にとって収入を減らさないことは最も重要なので、体が大事だといっても土曜受診ははずせない条件だった。

5月11日土曜日、不安になりながら病院に行った。「左胸にしこりがあるんですが……」病院の先生は、しこりに触れて「確かにしこりがありますね。検査してみましょう」と言って、太い注射器のようなもので乳房に穴をあけて、そこからしこりの細胞を取り出した。私が「これは乳腺症なんでしょうか？」と聞くと、「そうかもしれませんが、または有名な乳がんかもしれません。検査の結果を見てみないと」と言った。検査の結果は２週間後の５月25日に受診して聞くことになった。

乳房に傷をつけて細胞を取ったところには、看護師さんが透明なテープを貼ってくれた。空気が入らないようにして、傷が化膿しないようにしてくれたんだな、と思った。

私はこのころ毎日スポーツジムに通っていて、日替わりで色々なレッスンを受けていた。検査をした日も夕方ジムに行って、ファイティングエクササイズ（ボクササイズ）のレッスンに出て、汗をびっしょりかいて、ふと鏡（レッスン室は全面鏡張りになっていた）を見て驚いた。着ていたTシャツに血がにじんでいる。汗でテープが浮いてしまい、そこから血がにじみ出てしまったようだった。幸い、赤い模様のTシャツだったため目立たず、血がにじんでいることは自分しか気づかなかったが、もし白い無地Tシャツを着ていたら、赤い血が誰の目にもくっきりと見えてしまい「殺人事件？」とか言われて騒ぎになっていただろう。

検査の影響によってジムで慌てることになるとは想像もしていなかった。思いもかけない場所で乳がんの検査の影響が出ていた、これがガンというものか。

２週間後の５月25日土曜日、検査の結果を聞くために病院に行った。先生は淡々と「乳がんです。２センチに少し足りないくらいなので、ステージⅡの少し手前ですね」と言った。自分がガンと宣告されたのを聞いて目の前が暗くなった。先生は続けて「治りますよ、ちゃんと治療すればね」と言った。

これからいろいろな検査をします、と、たくさんの検査の説明をされた。そして最後に「どうしますか？　やりますか？」と尋ねられた。

私の生活は経済的にギリギリなので、余分なことはしたくなかった。しかし乳がんに対する知識は何もなかったので、何が必要で何が余分なのかわからない。それで勧められた検査は全部受けることにした。

ガンになったことを、普通の人は会社に報告して、休業して治療に専念するんだろう。でも私は会社には言えない。何故なら、私は時給で働いている契約社員で、３カ月ごとに契約更新をしているからだ。ガンだということがわかったら、上司から「ゆっくりして体を治してくださいね」等と言われて、契約を切られてしまうに違いない。会社は契約社員の個人的事情など全く考慮しないのだ。血も涙もない、という言葉がぴったりだが、それが企業なのだ。私には夫も親もいないので、自分が契約を切られたら誰も食べさせてくれない。収入が少なく貯金もなかったので、自分が働き続ける以外の選択肢はなかった。そしてそのためにはガンだということを誰にも打ち明けずに、健康なふりをして働き続ける以外になかった。

私の家族や親せきにも誰もガンの人はいないのに、なぜ私はガンになったんだろう？　と考えた。ガンの原因を検索すると、ストレスが主な原因であることが多いようだ。だとしたら、何がガンになるほどの強いストレスだったんだろう。色々考えたが、当時は特に大きなストレスは抱えていなかった。強いて言うなら、毎日の通勤ラッシュ。毎日毎日ラッシュにもまれて、声には出さなくても心の中で悪態をついていたので、それが積もり積もって激しいストレスだったのか……。それで、通勤ラッシュを避けるために朝だいぶ早く家を出ることにした。早めに会社に着いてしまうが、だからといって早めにオフィスに行くと早く来た理由を周囲の人々に説明しなくてはならないので、会社の近くに座っていられるところを見つけて、勤務開始の時間まで座って時間をつぶしていた。幸い雨風がしのげる室内で座っていられる椅子が会社の近くにあったので、助かった。

毎日何度も左乳房が痛む。その度に手で押さえた。今までの人生でこんなに自分の乳房を意識したことはなかった。

一緒にお昼のお弁当を食べている派遣社員の友達にもガンのことは言わなかった。信用していないわけではないが、どこから話が漏れて上司に伝わってしまうかわからない。誰にも言わないのが一番だ。

平日は休まずに仕事をするため病院に行くのは土曜日のみ。毎週土曜日は検査のために病院に行くことになった。毎回そのたびに採血するので、大変だ。最初は採血も珍しかったので楽しんでいる部分もあったが、毎回毎回採血していたら、うんざりしてきた。

ＭＲＩとかＣＴとかの検査を受けるときは放射線の影響を周囲に振り撒かないようにするために、その前後に小さい個室で1時間くらい休むように言われて休んでいたが、その個室は一人ひとり仕切られたリクライニングシートがあり、テレビも備え付けられていて心地よかった。

ガンになったことで、不安な気持ちが常に私の心を覆っていた。ガンになった人は私以外にもたくさんいるはずなので、何か得るものがあるかも、心の支えができるかも、と期待して色々な人の乳がん闘病のブログなどを見てみた。しかし、いくつかのブログを見てもほとんどの乳がん患者は主婦。主婦は精神的、体力的、経済的に家族に支えられての闘病のようだ。家族はおらず、また、乳がんだということを誰にも言えない私とは違いすぎる。他の人のブログを見るのはその1回だけで止めた。

リンパ節除去手術

自分がガンと知ってから、「死」が身近に感じられるようになった。自分に問う。もしこのまま人生が終わることになっても後悔することはないか？　何かやり残したことはないか？　目をつぶって静かに考える。そして答えを出した。その答えは否。やりたいことは全部やってきた。もちろんまだ経験してないこともたくさんあるだろう。でも私がやりたいことはやってきた。どんなことになっても後悔はない。

と思っても涙がこぼれる。自分を憐れんで泣くことはしたくなかったが……。泣いてしまう。

検査のためほとんど毎週のように土曜日には病院に行っていた。数回の検査を受けて、「もしかしたらリンパ節にガンが転移しているかもしれないので、まずリンパ節を切除する手術をします」と先生に言われた。センチネルリンパ節生検と言うらしい。この先生の手術は水曜日のみなので、7月3日の水曜日に手術をすることに決めた。

有休が少なく会社の休みはほとんど取れないので、休みを最低限に抑えるため手術をする日の午前半休を取り手術を受け、午後は出勤することにした。もちろん手術をすることは会社の誰にも言わなかった。

7月3日の朝、手術室のあるフロアの受付に行くと、受付の女性に「お一人ですか?」と聞かれた。独身の私はどこに行くにも一人で行くのが習慣になっているので、手術といっても当然のように一人で来たが、手術には家族等が集まるのが普通らしい。手術が始まる前、各患者がベッドに横になって待つのだが、それぞれのベッドはカーテンで区切られているのでお互いは見えない。たぶん6台くらいのベッドが一室に入っていたと思う。他の手術待ちの患者さんは家族などが来ているらしく、話し声が聞こえる。他の人はみんな家族が来てるんだ……。と思いながら、一人で順番を待った。

順番が来て、看護師に連れられて手術室の前まで歩いていき、前の手術が終わるのを手術室の前で待った。

自分の番が来て、手術台の上に横になった。手術は部分麻酔なので手術している様子は全部聞こえていた。私から手術しているところが見えないように顔と手術部分の間に白い布を垂らしてくれたので、目に見えるものは何もなかったが。左の脇の下を4センチほど切り、そこからリンパ節を切除した。脇の下なので傷がほとんど見えないような位置を切ってくれて、それは非常に助かった。

手術後、ベッドで1時間ほど休んでから退院し、そのまま会社に行って仕事をした。強力な痛み止めを処方してもらっているので、傷口は痛むことはないが、とはいっても体は普段と同じというわけにもいかず、結構つらい。それでも我慢して仕事をして夜7時くらいまで残業した。帰るときに正社員の人とたまたま一緒になり、駅まで一緒に帰った。その人は風邪をひいていて、話すのがつらそうだった。そして「後藤さんって、風邪とかひかないよね。体が丈夫だね」と言われた。私は「ええ、まあ……」とにごした。体が丈夫って……私は今日の午前中手術を受けてきたんだけど……。心の中でつぶやいた。

手術の次の日には傷口を見せに病院に行かなくてはならなかった。でも仕事を休むと収入が減るから休みたくなかったので、昼休みに行くことにした。証券会社の昼休みは早番と遅番の交代制を取っていることが多いが、私は同じ仕事をしている人がいなかったので誰とも交代制になっていなかった。だから好きな時間に1時間休憩を取っていいという環境でラッキーだった。昼休みに急いで病院に行った。職場と病院は電車で3駅。急いで行って帰ってくれば1時間で帰ってこられる。昼食は取れないが仕方がない。自宅から遠い都心の病院に通うことになったのも、会社の昼休みに行けるというメリットがあったと分かった。

1週間後に抜糸。その時もまた会社の昼休みに病院に行った。

その後はまた土曜日に受診、手術の結果を聞いた。幸いなことに、リンパ節にガンは転移していなかった。それでいよいよガンを切除する手術をすることになった。手術は乳房全摘出ではなく、乳房温存手術。でもガン部分を切除すると乳房はだいぶ小さくなる。小さくなっても乳房が残るだけまだましなんだろうと思って自分を慰めようとしたが、やはり乳房が小さくなってしまうのは悲しい。

インターネットなどで調べると、乳がんの手術をした一年後くらいに、除去したガンと同じ大きさの生理食塩水を乳房の中に入れる手術をして乳房の大きさを元に戻す方法もある、というのを知った。それで、病院の先生にその手術をやってもらえないか聞いてみた。だがあっさりと「それはやってないんですよ」と断られた。もしかしたら別の医師に尋ねたらやってくれる病院はあるかもしれない、と思ったがそこまで乳房にこだわっていないので乳房再建はあきらめた。ちょっと、寂しかったけど……。

ガン除去手術

手術日は7月31日に決めた。このときは病院に1泊するということになる、と聞いたので会社は7月31日と8月1日の2日休暇を取った。旅行に行くと言って休暇を取ったので、会社で配るお土産のお菓子も、あらかじめ用意しておいた。

手術の日は日中に手術をして、その日は病院に1泊するのだが、そのための差額ベッド代を支払わなくてはならないことになった。その病院には入院する部屋は個室しかなかった。しかし個室の病室の差額ベッド代は高い……。シティホテルの宿泊代並み。私には結構きつい出費だった。

がん手術のときは全身麻酔をするため、誰か親族の者に付き添ってもらわなくてはならなかった。妹に訳を話して休暇を取ってもらい、病院に来てもらうことにした。

妹に私がガンだと告げるともちろん驚いていた。私はできるだけ深刻な雰囲気にならないように淡々と話した。病院の先生から治療すれば治ると言われていると告げると、妹も安心したようだった。ガンだということは会社では隠していると言うと妹は「隠さなくても、上司が女の人ならわかってくれるんじゃない？」と言った。当時の私の上司は女性で、私を気に入って採用してくれた人でとても良い人だが、それとこれとは別問題。上司も女性であるから訳を話せば同情はしてくれるだろうが、だからといってガンの人の雇用契約をそのまま継続してくれるとは思えない。

手術の前日、私は万が一、この部屋に帰ってくることができない時のため、遺影に使ってほしい写真と、不幸があった時に知らせてほしい友人リストを作って自分の部屋の中央のテーブルの上に置いておいた。その時には、妹がそれを見つけて友人たちに知らせてくれるだろう。

手術当日、午前中に病院に着き、自分が入院する部屋で手術の開始時間を待った。差額ベッド代がシティホテル並みなだけあって、部屋の造りもシティホテル並みに豪華で美しい。部屋の中にiPadまで置いてある。そこに妹が来てくれて、妹にはまず部屋で会った。私が手術している間は妹は部屋で待つことになった。

手術はお昼から始まった。手術室に入ると、部屋の中には柔らかな音楽が流れ、手術台に横になると天井にはきれいな景色の大きな写真が貼ってあり、目に優しい。手術を受ける人の心が落ち着くように工夫されているんだな、と思った。手術前の緊張した心がすこしほぐれた気がした。

右手の前腕に麻酔の注射をすると、麻酔薬が体内に入っていくのに痛みを感じる。看護師さんが「痛いですよね、さすりますから」と言って痛みを和らげるために麻酔注射を打った右手をさすってくれて、その間に意識を失って、目が覚めたら手術が終わった直後だった。目をあけて景色の写真が目に入ったとき、「無事に帰ってこられたんだ」と思った。

看護師に支えられながら歩いて病室まで帰った。部屋で妹が待っていてくれた。その後は部屋でずっと休んでいた。口に酸素マスクを取り付けられていた。数時間経つと、手術の時に打っていた鎮痛剤が切れて手術の傷口が痛みだした。左胸には止血のためのさらしを丸めて作られた長細い布の塊のようなものがしっかりと貼られており、自分では傷口は見えない。痛くなるとナースコールをしてまた鎮痛剤を打ってもらった。

夜になると病室で夕食が出されたが、それがちょっと豪華な食事で、妹と「普段食べてるものよりずっと豪華じゃない？」と笑った。妹は手術が終わった後も夜の8時頃までずっと付き添ってくれた。ありがたい。持つべきものは妹だ。

妹が帰った後は話し相手もいなくなり、一人で寝ていた。

翌朝、傷口を先生に診てもらった後、薬を大量にもらって一人で電車で帰った。その日はそのまま家で寝ていた。

次の日は普通に出社して、平気そうな顔をして「旅行に行ったんです」といってお土産を配った。誰も疑っていなかった。

手術の1週間後に抜糸をしにまた昼休みに病院に行った。抜糸をした後には自分で小さくなってしまった左胸を見るたびに悲しい気持ちが湧いてきた。生きているだけでありがたいのだから、左乳房が残っているだけでもありがたいのだから、と悲しい気持ちを押し込めた。

手術のあと2週間くらいは毎日会社に行くのみで、まっすぐ家に帰っていたのだが、だんだん体が回復してくるとそのうちに通い慣れたジムに通い始めた。もちろん激しく動いたり体を鍛えたりはせずに、ヨガ等の体を酷使しないレッスンに出ていた。

そのジムのヨガの先生は、レッスンの間、心に沁みる話をしてくれる人だった。ヨガを通して体をきれいにするだけでなく、先生の話を聞いていると、心がきれいになるような気がした。

座って瞑想をしている間、その話の中で先生はこんなことを言っていた。その日の参加者が高齢者が多かったためか「皆さん、足が痛いとか腰が痛いとか、それぞれ痛いところがあると思います。そのあとに『でも』を付けて言ってみてください。『足が痛い。でも、歩ける』とかね」

それを聞いて、私は「胸が痛い。でも、生きている」と心の中でつぶやいた。左乳房の手術痕が痛い。でも……私は生きている。生きているんだ……。ジムでのレッスン中だというのに、涙があふれて止まらなかった。

抗がん剤治療

８月下旬の土曜日に病院に行って、先生から手術についての話を聞いた。手術の結果は良好だったので、次は抗がん剤治療を受けることになった。そして抗がん剤治療の副作用について看護師さんから色々と説明を受けた。髪の毛をはじめ体中の毛がすべて抜けてしまうので、医療用のかつらを扱っている店を紹介してもらった。まつ毛も抜けてしまうので、抗がん剤治療中は普段使っているコンタクトレンズではなく、眼鏡を使うことにした。

私はそれまで髪の毛は、ロングヘアにしていたが、かつらはショートカットのほうが手入れが簡単なので、ショートカットのかつらを勧められた。ショートカットのかつらをかぶるためには、まず地毛をショートカットにする。しばらくしてから同じ形のかつらをかぶり始める。という段階を踏まなくてはならない。何故かというと、ロングヘアからショートカットに髪型を変えると、その日は周囲の人の注目を浴びてしまうので、目ざとい人がいるとかつらと気づかれてしまう。なので、髪型を変えるときはまず地毛が生えているうちに変えなくてはならないのだ。もちろんこれは誰にもガンだということを知られたくない場合である。

その他、抗がん剤の治療中は爪が縞状になってしまったり、食べ物の好みが変わったりするということだった。体の抵抗力が著しく低下するので生ものを食べるのは極力避けるほうがいい、等々。

以上の説明を病院の看護師さんから受けた。ガンの患者はその環境にもちろん初めて経験することばかりなので慣れていないから、詳しく説明してくれてとても助かった。

次の土曜日、病院で紹介してもらった医療用かつらの店に行った。そこには、数十種類のかつらや、かつらだけでなく乳がん患者が使用する品（乳がん用のブラジャーや全摘出した人が使う乳房風のヌーブラなど）が所狭しと置いてあった。乳がん患者専門店らしい。私はかつらとその周辺品だけを買った。かつらは色々な品質によって値段は高価なものから庶民的なものまで。私が買ったのは、ショートカットのかつら（出勤用）、かつらのてっぺんの部分が網になっていてベレー帽のような帽子とセットで使用する部分かつら（全かつらを長時間着けているのはつらいため、休日の外出用に）、自宅用の柔らかい生地の帽子（髪の毛のなくなった頭を守るため）だった。

抗がん剤治療が始まることになって、それまで7年間通っていたスポーツジムを退会した。ジムはとても楽しかったし友達もできていたので、辞めたくはなかったのだが、抗がん剤治療でフラフラになっている期間はジムには来られないし、第一髪の毛が無くなってかつらになったら皆と一緒にシャワーが浴びられない。だから、仕方なくジムを辞めた。寂しかった。

抗がん剤治療が始まる前の準備として、抗がん剤治療が始まると生ものが食べられなくなるので、始まる前に好きなお寿司をまとめて食べて（ただし、お寿司屋さんに行く経済的余裕はないので、スーパーで売っているお寿司のセット）準備を万端にして抗がん剤治療の日を迎えた。

土曜日、抗がん剤治療は朝から。抗がん剤治療は点滴で行うため、数時間かかるということをあらかじめ聞いていて、その間時間つぶしできるものを何か持ってくるように言われていた。私は本を持ってくるつもりだったのだが当日忘れてしまった。抗がん剤治療を受ける前にまず他のフロアで採血をして血圧を測るのだが、血圧のフロアに雑誌が置いてあるのを見つけて、そのフロアの受付の人に「この雑誌を数時間借りていいですか？　今から抗がん剤治療なんですが本を忘れてしまって……」と言って雑誌を借りた。

いつも治療を受けている婦人科のフロアに行き、治療着に着替えて何種類もの点滴を打つ説明を受けた。抗がん剤治療の部屋はゆったりとしたリクライニングシートと小さいテーブルが置いてあって、隣の人との間に視界を遮るための壁があった。部屋の中には四つくらいリクライニングシートが置いてあって、他にも点滴を受けている人がいた。私も指定されたリクライニングシートに座った。

そして点滴が始まった。抗がん剤が体内に入り始めるとすぐに呼吸困難になり、息ができなくなった。様子がおかしい私を見て看護師さんが「大丈夫ですか?」と声をかけてくれ、私は「苦しい」と叫んだ。すぐに点滴を止めてくれたが、点滴が完全に止まるまで5分くらいの間、呼吸困難のままだった。大量の汗が噴き出し、その間たった5分くらいで着ていた治療着が汗でびっしょりになった。先生もすぐに来てくれたが、なぜ抗がん剤で呼吸困難になるのかは不明らしく、「アレルギーなんだろうなあ」と、言っていた。

その日は汗でびっしょりになった治療着から看護師さんが持ってきてくれた新しい治療着に着替えて、その後しばらく休んでから家に帰った。

休んでいる間、私はずっと背中を丸めた胎児のポーズをしていた。人間が苦しい時に胎児のポーズになってしまうって本当なんだなあ、と思った。

次の土曜日にまた病院に行って、別の抗がん剤を投与すると先生から説明を受けた。ただ、その薬はとても強力なので、もし少しでも他のところに付いてしまうとその部分が壊死してしまう。だから確実に薬を血管に入れるために、器具を体内に挿入する必要があり、そのために手術をすることになった。

抗がん剤治療用器具埋没手術

抗がん剤治療用器具の挿入手術は10月初旬の水曜日。ガンの手術をした左側乳房と反対側の右側の胸の上、鎖骨の少し下あたりを3センチほど切り、中に直径2センチ、厚さ1センチくらいの円柱型の器具を埋め込んだ。7月初旬に行ったリンパ節除去の手術と同じように、午前中手術して午後からは出勤して仕事。痛み止めを飲んでいるから傷は痛まないが、結構体はつらい。どんなに体がつらくても、健康体のふりで笑顔でいなくてはならないので、余計につらい。

つらくても夜7時くらいまで残業して帰る。人間気合が入れば大抵のことはできるものなんだ。

水曜日に手術で器具を体内に挿入した後、すぐ次の土曜日から抗がん剤投与を開始することになった。私の場合、3週間おきに4回受けるという事だった。10月から12月は月曜日が祝日になっているところが結構多く、抗がん剤投与の4回のうち3回は月曜日祝日の前々日の土曜日に受けることができるので、月曜日も体を休めることができるからラッキーだった。

このころ、たまたま同じ部署の人が結婚式を行うということで、私も招待されていた。普通は正社員の人が結婚するときに契約社員や派遣社員を結婚式に招待することはないと思うのだが、お隣の席に座っている方でとてもお世話になっていて、普段から仲良くしてくれていたので、招待してくれたのだと思う。しかしその結婚式の日というのが私が新しい薬で抗がん剤投与を受ける最初の土曜日。もちろん私はその結婚披露宴に参加することはできないのだが、なんて言って断ろうかと思い悩んだ。悩んだあげく、「妹が乳がんで手術をするので」と言うことにした。これならもし詳しく聞かれても、自分の経験を妹のこととして話せばいいので、大丈夫だろう。しかし私の抗がん剤投与日が決まる前にすでに披露宴に出席する旨を伝えてしまっていたので、本人に直接謝罪して披露宴の出席を断るとともに、お祝い金を渡した。数日後にその方から「お見舞い」ということでお返しを頂いた。礼儀正しい方だ。

結婚式と乳がん治療……。人生の中で今向かい合っている出来事の明暗がくっきりだ。彼女は幸せの絶頂、そして私は真逆……。若い正社員さんをうらやむことはないが、あまりの違いにちょっと悲しくなった。

10月の2週目の土曜が新しい抗がん剤治療の1回目。その日の朝から抗がん剤を点滴で受ける。赤い液体が入っていくので複雑な気分。合計3時間くらい何種類かの点滴を受け、そのあと、処方箋をもらい、たくさんの薬をもらって帰った。その中には一錠5000円もする薬もあり、もちろんそんな高価な薬を飲むのは自分の人生で初めてだった。抗がん剤を受けた直後はまだ体調は普通で、家に帰るときに買い物をして帰れるくらいだった。

しかし少し時間が経って夕方くらいになると、体がつらくなり、動けなくなった。強力な吐き気止めの薬を飲んでいるので吐き気はしないが、体はつらい。全く動けない。

土曜日曜、そして月曜は祝日なのでそのまま家で横になって過ごした。でも火曜日には会社に行かなくてはならない。どんなにつらくても顔に出さず、普通に仕事もしなくてはならない。

会社に行くと歩くだけでつらいので、お昼のお弁当を朝のうちに買っておき、お昼に買いに行かなくて良いようにした。できるだけ歩く距離が少なくて済むように工夫した。

仕事自体は事務なので、ずっと座って過ごせる。とは言ってもやはりつらい。席を立って書棚に書類を取りに行くのもつらいので、業務に支障のない範囲で、書類を取りに歩くのはまとめて行うことにした。周囲に気づかれない範囲で行うのだから、ごくわずかな省力にしかならないが、少しでも歩きたくなかった。一歩歩くごとに体がつらかったから。こんなにつらいのは私が自分で働かないといけないからだ。もし主婦なら、家でずっと寝ていられるのに……。どんな人でも良いから、結婚しておけばよかった……。

抗がん剤を打つと便秘がちになるということで下剤も処方してもらっていたが、最初のうちは下剤を飲む加減がわからず、一日3回と説明に書いてあったので一日3回飲むものだと思ってその通りに飲んでいたら、お腹を壊してトイレに駆け込むことが続いて、自分でうまく調整できるようになるまで大変だった。

抗がん剤を打ってから1週間経って2週目に入ると、まだ本調子ではないがだんだん体のつらさは楽になった。3週目になるとほとんど通常な状態と同じくらいに楽になったので、銀行に行くなどの用事はこの週に次の3週間分まとめて済ませておくことにした。普通に歩けるときに、歩かなくてはならない用事をできるだけ終わらせたかったからだ。

1回目の抗がん剤投与から3週間後に2回目の投与を受けた。2回目の抗がん剤投与を受けたころに、髪の毛が抜け始めた。一気に全部の髪の毛が一瞬で抜けてしまうわけではなく、3日くらいかけて全部抜けた。その時はお風呂で洗髪すると、お風呂の床が髪の毛で真っ黒になるくらい抜けた。11月になっていたのでスカーフを巻いて会社に行くと、1時間半かけて通勤して会社に着いた頃には、スカーフに髪の毛が何十本も付いていて、取るのが大変だった。

かつらは準備していたので、髪が抜け始めたときにかつらをかぶり始めた。まつ毛もなくなって目にゴミが入るので、コンタクトレンズを止めて、会社にも眼鏡をかけていくことにした。

それまでロングヘアでコンタクトレンズをしていた私が、ショートヘアに眼鏡になってしまったのだから、周囲はさぞかし驚いたことだろう。でもガンだと気づいた人は多分誰もいない。

2回目の抗がん剤を打った頃には月経が来なくなった。

4回の抗がん剤投与のうち3回は月曜日祝日だったのだが、1回だけは月曜日も出勤しなければならなかった。またさらに困ったことには、ちょうどその月曜日に職場の部門長が新しい人に代わって、従業員4人ずつで新しい部門長とランチをしなければならないことになり、私の順番がその月曜日に指定されてしまった（私は契約社員なので自分の都合は優先度が低い）。抗がん剤を打った翌々日でふらふらな状態で立っているだけでもつらい時に、偉い人とランチをしなければならないなんて、なんと苦しいことだろう。

でも、実際に気合が入っていればできないことなんてない。ふらふらなことはみじんも見せず、普通のふりをしてランチに参加し周囲とも普通に会話ができた。

年末には4回の抗がん剤投与が終わった。3カ月間本当に苦しかった。

年が明けて、抗がん剤投与のために右胸に入れていた器具を取り除く手術を受けた。この時も午前中に手術を受けて1時間ほど休んだ後に午後からは仕事に行った。これもつらいことだった。

結局、乳がんに関連した手術は合計4回受けた。1回目は7月初旬のリンパ節除去。2回目は7月末のガン摘出。3回目は10月初旬の抗がん剤投与のための器具取り付け。4回目は翌年1月の器具除去。4回の手術のうちガン摘出の時だけは病院に1泊2日で入院したが、残りの3回の手術は全部午前中に手術して午後から仕事に行った。

放射線治療

抗がん剤治療が終わると、次は放射線治療だった。私が通っていた病院には放射線科がなかったので、紹介状を書いてもらい、大学病院に行くことになった。２月上旬、初めて大学病院に行ったのだが、まず治療を受ける前に大学病院の先生と話をする必要があり、しかも平日しか受け付けていないので、また会社を休んで行かなくてはならなかった。私はもう４回の手術ですでに何回か休んでいたので、話をするためだけに休みを使うのは本当に嫌だったが、そうしないと話ができないので仕方がない。午前半休を取って大学病院に行くと、放射線治療は毎日受けなくてはならず、25回病院に行かなくてはならない、とのことだった。私は私の事情を話した。つまり、私は会社勤めをしていて、会社ではガンだということは隠しているので、毎日昼休みに放射線治療に通いたい、ということだ。

するとと大学病院では先々の予約は取れないので無理だということだった。それで、駅の反対側にある小さな病院を紹介してくれた。その駅は私の勤め先から電車で3駅ほどなので、放射線治療自体は照射しているのは1分程度であるから、待たずに治療を受けられれば、昼休みの1時間で行って帰ってこられる。

大学病院の先生にその小さな病院への紹介状を書いてもらい、急きょその日の午後も会社を休んで小さい病院に行って話をしてみた。そこには大きな大学病院とは違い、放射線科の患者はあまりいないので、1カ月分の予約を入れることが可能だった。毎日1時半に来ることにして、「では明日から」ということになった。ただ、紹介状の中に記入されていた内容に、私の知らなかった事実があった。それは、手術で切除したガンの表面の中に断面があったというのだ。つまり、ガンの一部分が体内に残っている可能性があるので、それがなければ25回で済むところを5回増やして30回の放射線治療を受けることになった。

私は証券会社に勤めていたので、昼休みの時間は好きな時に1時間取っていいことになっていた。毎日1時過ぎに会社を出て、放射線を受けに行った。昼食を取る時間がないので、毎日電車の中でカロリーメイトを食べた。周囲の乗客に迷惑をかけないで食事をするにはカロリーメイトが最適だと思ったからだ。その甲斐あって、会社の誰にも気づかれずに毎日放射線治療を受けることができた。

放射線治療の初回に、肌に直接目印の線をマジックで描かれた。胸が線だらけになった。何回か放射線治療を受けると、肌の表面が赤くなった。さらに回数を重ねると、日焼けしたように茶色になった。乳房を日焼けしたなんて生まれて初めてだ。水着で日焼けした時にも、必ず乳房は水着に隠しているので日焼けなんてしないし……。

日焼けした肌は、普通は少し経つと表面の皮がむけ始めるのだが、一度手術をした私の胸は新陳代謝が従来よりも数十倍の時間がかかるようになっていた。通常ならば日焼けした肌の皮がむけて元通りになるのにかかる時間は1週間程度だが、この時は半年くらいかかった。放射線治療を受けていたのは2月の初旬から3月の下旬までだが、私の胸の日焼けの跡がすっかりきれいになったのは9月ごろのことだ。

新陳代謝が遅くなっているだけでなく、手術をした部分は肌の表面の感覚が非常に鈍くなっていた。常に何かでしびれているような感じ。指で触っても直接触れる感覚がない。時間が経てば肌の感覚も元に戻るかな、と手術直後は思っていたが、これは最後まで治らなかった。

放射線治療のため30回も小さな病院に毎日通っていたので、最後のころにはその病院に親しみを感じていた。なんとなく終わってしまうのがちょっと寂しくなってしまうくらいに。

前年に受けた抗がん剤治療のために全くなくなっていた私の髪の毛は放射線治療が終わるころには少しずつ生え始めていた。従来の私の髪質は直毛だったが、抗がん剤で失われた髪が再び生え始めると、くるくるのくせ毛だった。抗がん剤治療のあとで髪質が変わることもあるということは、あらかじめ病院の先生から聞いていたので驚かなかったが、自分の人生の中で髪の毛がくせ毛になったのは初めてのことだったので、新鮮だった。髪が生え始めたといってもまだまだ短いため、かつらは手放せない。毎日かつらを着けて生活していた。

3月の下旬には放射線治療も終わり、やっと毎日昼休みに病院に通う日々からも解放された。これでやっと普通の昼食が取れる、と思うと嬉しかった。周りの誰にも（妹以外）ガンのことは言わずに治療を受けていたため、たった一人で周囲に知られないように治療を続けていたが、それも終わり普通の生活に戻れる。そう思うと心底ほっとした。

ホルモン治療

4月からはホルモン治療ということで、放射線科のある病院から手術をした病院にまた戻って治療をすることになった。月に1回注射を打ちに病院に通った。毎月腹部に注射を打つ。おへその左右に1カ月ごとに右と左を交代して注射を受けた。それと同時にホルモン治療の飲み薬を処方されていて、毎日飲まなくてはならなかった。

その年の秋ごろには、少しずつ伸びていた髪がショートカットのかつらの裾からのぞくくらいまで伸びてきた。そこで、かつらの使用をやめて、地毛で過ごすことにした。しかし、抗がん剤治療後に生えてきた髪はくせ毛で、くるくるの髪のショートカットはいかにもおばさん風になってしまい悲しかった。髪型のせいか、職場でもパートのおばちゃんみたいな認識をされたり……。親せきの小学生の子に「ちびまる子ちゃんのお母さんみたい」と言われたり……。おかしくない髪型になるくらい髪が伸びるまで、さらに半年以上待たなくてはならなかった。

4月から始まったホルモン治療の期間は2年。毎月病院に通い、24回の注射が全部終わったときには2016年、私がガンを見つけてから3年が経過していた。再発せずに5年経過すればガンの恐怖からは逃れられるという定説があるので、あと2年が過ぎるのを楽しみにしている。このように安んじた気持ちで時が過ぎるのを待てるのはガンが転移していなかったおかげだ。本当に幸運だった。宗教には入信していないが、世界中の神に感謝している。

こうして、私は乳がんから無事に生還できたが、その後、ホルモン治療の副作用なのか直接の関係は不明だが、複雑型子宮内膜異型増殖症を患ってしまい、２０１６年に子宮を全摘出した。思わぬところに影響を及ぼしたな、と感じた。子宮がなくなったことはやはり悲しいことだ。乳がんで左胸が半分の大きさになってしまったり、子宮を摘出したり、私の経験は女性として悲しいが、その反面、自分の病気を受け止め、命の大切さを思い知り、生きていることに感謝する気持ちはそれまで以上に大きくなった。

乳がんを経験して

乳がんの治療をしている間、私が勤務していたのは外資系証券会社であった。だが日本の企業でも状況はそう変わらないであろう。契約社員であったため、ガンだと知られたら雇用契約を終了されてしまうと思い、誰にも言わずに手術の直後や抗がん剤治療でフラフラになりながらも健康なふりをして勤務を続けた。それまでの人生で経験したことがないほどつらかった。私のような人が二度と出ないように、非正規雇用の従業員にも病欠制度を適用してくれる会社が現れ、一社でも多くなることを

願う。人間であれば誰でも堂々と病気治療を受け、闘病する権利がある
はずだ、非正規雇用の人間であっても。

後藤　晃江（ごとう　あきえ）

９月18日生まれ。東京都下暮らし。独身。趣味は観劇と英会話。42歳まで健康診断結果はオールＡでした。

だけど、生きている

2017年４月27日　初版発行

著　者　後藤晃江
発行者　中田典昭
発行所　東京図書出版
発売元　株式会社 リフレ出版
〒113-0021　東京都文京区本駒込 3-10-4
電話 (03)3823-9171　FAX 0120-41-8080
印　刷　株式会社 ブレイン

ISBN978-4-86641-058-6 C0095
Printed in Japan 2017
落丁・乱丁はお取替えいたします。

ご意見、ご感想をお寄せ下さい。

［宛先］〒113-0021　東京都文京区本駒込 3-10-4
東京図書出版